블라디미르 푸틴

고이즈미 준이치로

노무현

장쩌민

게르하르트 슈뢰더

하미드 카르자이

슬로보단 밀로세비치

요한 바오로 II

사담 후세인

오사마 빈 라덴

실비오 베를루스코니

야세르 아라파트

아리엘 샤론

하마드 빈
칼리파 알타니

무아마르 알 카다피

넬슨 만델라

세상을 지배하는 개들

로랑 제라 글 | 모르슈완느 그림 | J-P 뒤부슈 채색작업

이승재 옮김

문학세계사

옮긴이 · 이승재

한국외국어대학교 불어교육과 졸업
한국외국어대학 통역번역대학교 한불과 졸업
고등학교 프랑스어 교사
현재 프랑스 만화 기획 및 전문번역가로 활동중
번역서로는 『아우슈비츠』, 『13』, 『띠떼프』 시리즈 외 다수.

세상을 지배하는 개들

로랑 제라 글 | 모르슈완느 그림 | J-P 뒤부슈 채색작업

초판 1쇄 발행일   2003년 6월 2일
        2쇄 발행일   2003년 6월 10일

옮긴이 · 이승재
펴낸이 · 김종해
펴낸곳 · 문학세계사

주소 · 서울시 마포구 신수동 345-5(121-110)
전화 · 702-1800, 702-7031~3
팩시밀리 · 702-0084
이메일 · mail@msp21.co.kr www.msp21.co.kr
www.ozclub.co.kr(오즈의 마법사)
출판등록 · 제21-108호(1979.5.16)

값 8,500원

ISBN 89-7075-283-8   03860
ⓒ문학세계사, 2003

LAURENT GERRA
MORCHOISNE

Couleurs : Jean-Pierre Dubouch

Ces cabots qui gouvernent le monde
by
Jean-Claude Morchoisne & Laurent Gerra

"동물은 무지로 인해 구원받았고,
천사는 이성을 통해 구원받았다.
그리고 인간은 이 둘 사이의 경계를 오가고 있을 뿐이다."
——잘랄 알 딘 루미 13세기 수피교 시인의 글

세상을 지배하는 개들

◆차 례

〈제1그룹〉
사냥개 및 전투견

'귀여운 강아지'와

개소리, 개자식, 개 같은 XX(♀♂), 개판, 개X(♂), 개Y(♀), 개새끼…… 난처하고, 열받고, 신경질 나고, 보기 흉하고, 듣기 싫고…… 이런 상황에 놓이면 사람들은 왜 순진하고 말 잘 듣는 '개'를 걸고 넘어지는 걸까? 사실 진짜 개 같은 경우[1]는 정치판에서 고함이나 치고 낮잠이나 자는 그런 종자들과 비유해야 하지 않을까? 사냥개는 사냥터에서 사정없이 짖어대고, 경비견은 '으르렁'거리며 침입자를 공격할 태세를 갖추고, 양치기개는 그저 순진한 양떼들이나 인도하고, 애완견은 쏟아지는 카메라 플래시 세례에 눈뜨기도 힘들 정도의 상황에서도 우아한 자태를 뽐내고…… 이러니 세계를 지배하는 개떼들을 모아 놓으면 정말 가관이라는 생각이 들지 않을까?

지난번 우리 콤비는 프랑스 정치짐승들을 대상으로 하나의 완벽한 동물학 개론서를 집필한 바 있다.[2] 물론 우리의 저서를 두고 프랑스 국립과학기술처에서는 찬사와 함께 번쩍이는 상패를 보내오기도 했다(뭐 꼭 그랬다기보다는 조만간 그럴 것이라는 소리다). 그래서 이번에는 연구 대상을 국내에 국한시키지 않고 세계로 눈을 돌리기로 결심했다. 그런데 이게 웬일인가? 눈을 돌리자마자 한눈에 들어오는 것이 있었으니, 바로 개종자와 세계 정치지도자들의 외모가 두드러지게 흡사하다는 공통점이 있었다! 예를 들어보자. 아담한 크기에, 곱슬거리는 털, 그리고 사정없이 짖어대는 아메리칸 코커 스패니얼의 모습을 보노라면 미국의 조지 부시 대통령의 얼굴이 떠오르지 않는가? 아프간 하운드는 또 어떤가? 마치 빈 라덴이 아프가니스탄 출생이 아닌 것처럼 아프간 하운드 역시 아프가니스탄 순수 토종이 아니다. 턱 아래로 길게 늘어진 수염과 약간 야윈 골격 구조는 설명이 필요없을 만큼 꼭 빼닮았다. 부티 나는 네오폴리탄 마스티프, 빨갛고 노란 저고리를 두른 티베탄 에파뉴엘, 말쑥한 코트 차림의 영국산 요크셔테리어, 이 강아지들을 보고 있노라면 실비오 베를루스코니, 달라이-라마, 엘리자베스 여왕이 차례로 떠오르지 않는단 말인가? 우리 눈엔 그렇게 보인다.

---

1) 사실 이 책을 쓰고 있는 우리부터라도 이런 표현을 써서는 안 되겠지만 열받고 흥분하니 자동적으로 이런 말이 나오는 걸 보면 우린 역시 어쩔 수 없는 인간인가 보다.
2) 저자는 이 책이 나오기 전 프랑스 정치인들을 각종 짐승에 비유해 우스꽝스럽게 묘사한 책을 낸 바 있다.

'개 같은 놈' 사이에서

> "결국 개들은 우리를 배신하였던 것이다……"
> 알퐁스 알레

    그래서 우리는 이 강아지들을 '귀여운 강아지'와 '개 같은 녀석'의 두 부류로 나누어 보기로 했다. 하지만 그 순간 빠져나갈 수 없는 난관이 닥쳐왔다. 성질 더럽고 공격적인 세르비아 발바리는 천인공노할 만행을 저지른 나쁜 게놈(Genome)의 자식임에 틀림없지만 사실 자기 영역에서는 비교적 민주적인 선거 절차를 통해 대통령으로 당선된 녀석이기 때문이다. 이 녀석을 대번에 '개 같은 녀석'의 그룹으로 분류할 경우 학문적으로 훌륭한 본보기가 될 우리의 연구(당연한 결과가 아니겠는가?)에 주관성의 개입, 다시 말해 객관성의 결여라는 심각한 오류를 범하게 될 처지에 놓이게 된다는 것이다.

    따라서 우리는 "제1그룹; 사냥개 및 전투견, 제2그룹; 경비견 및 작업견, 그리고 제3그룹; 애완견 및 호사견"으로 구분되는 전통적인 분류방식에 입각해 철저히 공정성을 유지하기로 했다. '누이 좋고, 매부 좋고', 모두가 만족할 수 있는 그런 결과가 아니겠는가?

    그렇다고 한들 모델이 된 견공들 일부를 보고 있노라면 그저 말 못하는 게 죄지…… 그런 생각이 드는 건 우리에게도 일말의 양심은 있다는 뜻이 아닌가 싶다.

J.-L. F

넌 어떤 혈통이 좋다고?

개라면 모두!

끄~응!

아이~

제1그룹
사냥개 및 전투견

아메리칸 코커 스패니얼

걸프산(産) 불테리어

아프간 하운드

세르비아산(産) 흰색 발바리(인간살상용)

보스니아산(産) 잡종

쿠바산(産) 하운드

한국산 진돗개

프랑스산 포인터

콜롱베산(産) 블러드하운드

아메리칸 코커 스패니얼
(조지 부시 미국 대통령)

왜소한 체구, 루이14세를 연상케 하는 헤어스타일, 부처님같이 늘어진 귀, 그리고 우수에 젖은 듯한 눈빛…… 얼굴만 보더라도 전형적인 견공(犬公) 출신이라는 것이 확연히 드러난다. 이리 보면 할머니들이 귀여워할 만한 강아지 같기도 하고, 저리 보면 성질 더럽게 짖기만 하는 고약한 놈처럼 보이기도 하고…… 아무튼 첫인상으로는 파리 한 마리 못 잡을 만큼 겁이 많아 보인다. 그러나 천만의 말씀! 이놈은 입속에 자기 귀보다도 더 커다란 송곳니를 숨기고 다니는 놈이다. 꼬리 또한 상당히 긴 놈이긴 하지만 그건 그다지 중요한 문제가 아니다.

전미 애견대회에서 — 이 대회는 일찍이 전세계 국민이 개판이라고 인정한 공인 대회이며 수상자에게는 하얀집(화이트 하우스)이 선물로 주어진다 — 수많은 결격사항에도 불구하고 쟁쟁한 경쟁자를 가까스로 따돌리면서 '미국민이 가장 사랑하는 애견'으로 선출되었다. 하지만 이 녀석은 겁도 많고, 엉덩이도 축 처진 데다가, 전세계가 오존층 파괴로 걱정하는데 아무 생각 없이 여기저기에 개똥을 뿌리고 다닌다. 못된 녀석 같으니라구… 이놈은 1990년 애견대회 대상을 수상한 아버지보다 더 잘 나가기 위해 이름(George Walker Bush) 가운데에 승리의 V를 하나도 아닌 두 개(VV)나 추가해서 청출어람의 뜻을 널리 알리고자 했다. 부자지간이라도 하얀집을

"지구를 구하겠다고 독수리 오형제로 변신하기 위해 맹연습중인 부시"

대물림하려면 상속세도 내야 하고 복잡했을 텐데… 아무튼 부시에서 부시로 넘어간 건지[1] 부시(Bush)를 '푸쉬'(Push 시쳇말로 빽쓰다!)해서 가능했는지 알 수 없는 일이다.

애국심 투철한 코커 스패니얼은 테러리스트를 보면 온몸을 테르르르 떤다. 그래서 자기가 지구를 구하겠다고 독수리 오형제로 변신하기 위해 맹연습중이다. 평소 부수는 걸 좋아해서 '부셔라 부시어'란 별명을 얻었는데 그 이름 그대로 9·11 이후 불법 폭력 땅개 패거리를 부숴서 박살내기 위해 맹렬히 추격중이다. 특히 바부슈[2]를 착용한 아프간 하운드라는 개를 찾아 몇 달간 고생했다. 그리고 지금은 사납기로 소문난 이라크산 불테리어를 잡겠다고 야단이다. 불테리어가 서식하는 이라크 땅덩어리는 아빠 부시가 대충 장난치다 아들 부시에게 남겨놓은 기막힌 놀이터이기 때문이다. 하지만 왠지 염불엔 관심 없고, 잿밥에만 관심 있는 듯한 인상이다……

---

1) Bush라는 이름은 프랑스어의 Bouche(입)와 발음이 비슷하다. 여기서는 실신한 사람의 입에 직접 입을 대고 숨을 불어넣는 인공호흡법(Mouth to mouth) De Bouche a bouche라는 불어식 표현을 아버지 Bush에서 아들 Bush로 대통령 자리가 넘어갔다는 의미로 사용하였다.

2) 바부슈 : 회교권 지역에서 신는 슬리퍼형 가죽신발. 물론 부시와 빈 라덴과의 관계를 의미한다.

걸프산(産) 불테리어
(사담 후세인 이라크 대통령)

좋아하는 먹이

쿠웨이트산 불기름에
살짝 볶아 이란산
뼈다귀로 우려낸
쿠르드족(足)탕

"개조심, 접근 금지!"라는 푯말이 기억나시는지? 이 녀석이 다니는 길목마다 바로 저 표지판을 볼 수 있다. 틈만 나면 짖어대고, 때만 되면 싸움을 거는 호전적인 전투견, 불테리어는 스커드표 미사일을 가장 잘 가지고 노는 녀석이다. 이란산 뼈다귀[1]탕이 몸에 좋다는 소문을 듣고 그걸 한 번 손에 넣어볼까 백방으로 노력했지만 뜻을 이루지 못했다. 결국은 눈을 돌려 옆동네 쿠웨이트산 기름이 피부 미용에 좋다는 소문을 입수하고, 급기야 어렵게 돈을 모아 장사 좀 해보려는 순진한 쿠웨이트 강아지의 밥줄을 빼앗기 위해 억지로 이들의 영역에 침입했다.

인간들은 이 사건을 "걸프 주유소 습격사건!"이라고 기억하고 있을 것이다. 하지만 녀석에겐 물리칠 수 없는 영원한 숙적, 아메리칸 코커 스패니얼이 있었으니…… 결국 스패니얼에게 망신을 당한 걸프산 불테리어는 자신의 영역으로 철수한 후 조용히 짱박혀 사는 듯 보였다. 그러나 이게 웬말이란 말인가! 종로에서 뺨 맞고, 한강에서 화풀이를 해도 유분수지, 녀석은 피도 눈물도 없는 무자비한 놈이었다. 자신의 가족 중에 마음에 들지 않는 녀석들을 잡아먹더니 급기야 출신 성

"성질 더러운 개 선발 대회"에서 참가자 전원 만장일치, 1위 사담!

분이 좀 다르다는 이유로 쪽수도 몇 안 되고 힘도 없고, 빽도 없는 동네친구들을 무자비하게 잡아먹어 버린 것이다! 왜냐고? 쿠르드족(足)탕[2]이 탐나서라나 뭐라나…….

최근에 개최된 "성질 더러운 개 선발 대회"에서 참가자 전원 만장일치, 한 마디로 100%의 지지율로 부동의 1위 자리를 지켜냈다.

지금 이 녀석은 걸프(Golf)만에서 18개의 구멍(Hole)을 파놓고 이글(Eagle)[3]을 잡겠다는 단단한 각오로 깊숙이 잘 숨어 지내고 있다.

---

1) 이란-이라크전이 끝나고 상당기간 동안 이란군 병사의 시신을 인도하지 않고 방치해 두었다고 한다.
2) 화학무기로 막대한 피해를 입은 이라크 북부의 쿠르드족을 의미한다.
3) 미국을 상징하는 독수리를 의미.

금지 사료

미국산 돼지고기, 핫도그

아프간 하운드
(오사마 빈 라덴)

믿을 수 없지만 사실이다. 우리가 아프간 하운드라고 알고 있는 견종은 사실 아프간산(産)이 아니라 중동산(産)이다. 19세기경 유럽에서 사냥개로 도입된 이래 주로 전쟁터를 누비고 다닌 아프간 하운드는 한때 미국에서 고도의 사냥훈련을 받은 경험도 있다.

이 녀석은 보자기를 둘러쓰고 다니기 때문에 꼬리를 잡기가 여간 힘든 일이 아니다. 게다가 역사와 전통을 자랑하는 털복숭이 가문 출신으로, 자신의 몸을 덮고 있는 길고 멋진 털을 상당히 뽐내고 다닌다. 그래서인지 토라보라[1]의 라스푸틴[2]이란 별명을 얻었다. 여기서 잠깐! 이놈은 절대로 털을 밀지 않는다. 왜? 역사와 전통을 자랑하는 놈이기 때문이다. 하긴 뭐 세상 모든 견종을 다 몰살시킬 계획을 가진 놈이니 뭔들 못 하겠나……. 그렇기 때문에 하루라도 빨리 틱낫한 스님의 전용 처방인 불(火)주사를 이놈에게 놓아주어야 한다. 아니면 이놈은 사냥개 출신이란 사실을 자랑이라도 하듯 세상 모든 개종자들을 다 물어 죽일지 모른다. 돼지고기 사료를 먹는 이교도 개들은 특히 더 조심해야 한다.

부잣집 막내아들처럼 화려한 외모에 얼굴엔 '칼있으마!' 분위기를 풍기고 있어서 그런지 온 세계에 주인 없이 떠돌아다니는 집 잃은 개들은 뭔가 얻어먹을

> **"다 죽여라,
> 신께서 알라의 개는
> 살려주실 것이다!"**
> ── 오사마 빈 라덴

게 있나 하고 이놈 주위에 모여든다. 그리고 이렇게 삼삼오오 모인 겁 없는 녀석들을 한데 모아 알-카니다(Al Canida-풀이하자면 '개판 5분전')라는 개모임을 만들어 세상을 개판으로 만들 계획을 세워놓았다. 이놈이 신조로 삼는 말은 "다 죽여라, 신께서 알라의 개는 살려주실 것이다!"라고 한다.

그런데 요새 들어 아프간 하운드가 멸종 위기에 놓였다는 소문이 있긴 한데, 그 말이 사실일까? 현재 이놈은 테리어로 변장하고 땅굴 속에 숨어서는 테러를 준비중에 있다고 하는데…… 일단 숨어서 지낸다니 다행이긴 하지만, 나서기 좋아하는 이놈이 언제까지 땅굴 속에 숨어 있을지는 알 수 없다.

---

1) 미국의 공습을 피해 빈 라덴이 숨어 있었던 아프가니스탄의 지역

2) 본명은 Grigory Yefimovich Novykh. 튜멘주(州) 토볼스크 출생. 여러 수도원과 성지를 돌아다니며 예언도 하고 환자를 치료하였다. 농민들 사이에서 성자(聖者)라는 평판을 얻고, 1904~5년 상트페테르부르크의 신학교장인 페오판이 그곳 상류사회에 소개하였고, 1907년에는 궁정에도 출입하게 되었다. 때마침 혈우병(血友病)을 앓고 있던 황태자를 기도로써 고쳐, 황후의 환영을 받았다. 니콜라이 2세와 황후 알렉산드라의 총애를 얻음으로써 궁정에 세력을 갖기에 이르렀으며, 점차 종교는 물론 내치와 외교에도 참견하였다. 그러자 그 생활은 한없이 방종으로 흘렀고, 그의 나쁜 영향을 제거하려는 귀족들에 의하여 암살당했다.

세르비아산(産) 흰색 발바리
(인간살상용)
(슬로보단 밀로세비치 전 유고슬라비아 대통령)

*만화 : 코소보에 간 땡땡과 밀로[1]

유별나게 성질 사납고 공격적인 세르비아산 발바리는 자기 자신이 순종(純種), 다시 말해 순수 혈통 출신이라고(물론 사실이 아니다) 상상하며 "착각의 늪"에 빠져 산다. 그래서인가? 자기 종족들이 금그어 놓고 판을 벌여 놓은 곳(한마디로 개판인 곳)에 무심코 들어온 다른 견종들을 모조리 물어 죽인 '화려한' 경력을 지닌 녀석이다. 주변에 늘 개거품을 물고 따라다니는 수호견 무리들을 대동하고 다니는데 이 수호견들의 성질은 주인 못지않게 더러운 반면 "청소"는 더럽게 잘한다. 그래서 대청소 후에는 모두들 모여 다음과 같이 외치며 건배한다: "사루비아를 위하여!"

**"유별나게 성질 나쁘고
공격적인 세르비아산
발바리, 밀로세비치"**

---

1) 프랑스 만화 『땡땡의 모험』 속에서 주인공 땡땡의 애견으로 등장하는 강아지 '밀루'를 빗대어 표현한 말장난.
2) 베르나르-앙리 레비(Bernard-Henri Levy), 세르비아 사태 당시 프랑스의 무력 개입을 주장했던 프랑스의 철학자.

보다 못한 미국이 폭탄을 마구 날렸지만 이놈은 절대로 항복하지 않았다. 이에 UN에서 파란 모자 쓴 특수견 부대들을 보냈지만 역시 결과는 같았다. 프랑스가 베르나르-앙리 레비Bernard-Henri Levy[2]를 보내자 결국 항복했다. 그래서 지금 이 녀석은 헤이그에 갇혀 '에이그 에이그' 과거를 한탄하는 신세가 되었다.

하지만 동물대변인 브리지트 바르도가 아직까지 찾아오지 않은 관계로 입도 뻥긋 안 하고 있다. 아무튼 악독한 발바리가 떠나자 그 영역에 살고 있던 다른 개들이 숨을 쉬고 살 수 있게 되었다. 그때 수많은 개들은 You, go! You, go!를 연발하며 사루비아 꽃을 뿌려댔다고 한다.

보스니아산(産) 잡종
(라도반 카라지치, 보스니아 전범, 수배중)

세르비아산 발바리보다 훨씬 위험한 종자인 보스니아산 카라지치는 정신병에 걸린 광(狂)견이다(하긴 정신과 의사 출신이니 당연할지도 모르겠다). 녀석은 청소에 뛰어난 능력을 발휘했다. 인상을 써가며 종일 청소를 했다고 해서 훗날 혹자는 이 녀석을 인종청소견이라 부르기도 했다. 하여튼 세르비아산 발바리와 인접 지역에 살면서 같이 빨빨거리고 돌아다니다가 길을 잃어버렸다. 세르비아산 발바리는 다행히 동물보호소에 잡혀온 반면 이 녀석은 지금까지 국제미견보호소(國際迷犬保護所)에서 수시로 광고를 내고 있지만 도무지 연락이 없다.

패션감각

카키색 상하의로 몸을
감싸고, 입에는 궐련을,
손에는 손수건을!!)

쿠바산(産) 하운드
(피델 카스트로 쿠바 국가평의회장)

볼쇼이와 러시안 하운드 사이에서 태어난 쿠바산 하운드는 외관상으로 볼 때 "뀌바2)"한 신체적 특징을 가지고 있다. 러시안 변종이라 그런지 턱 아래 부분에 항상 두툼한 털을 달고 다니며, 석탄처럼 검은 눈동자, 그리고 단단한 이를 지니고 있다. 그래서인지 틈만 나면 거대한 궐련을 우물우물 씹어 먹는다. 쿠바산 하운드를 두고 견(犬)계에서는 "멸종 위기를 맞은 유일한 종"이다. 혹은 "견(犬)종(種) 혁명의 이상(idea)이다"라고 의견이 분분하다.

아무튼 현재로서는 보기 드물게 공산견들을 자유롭게 풀어주는 통치견이다(프랑스에서도 공산견들은 나름대로 자유롭게 생활하고 있다).

주인에게 충성심을 보이는 반면 남에게는 상당히 공격적인 쿠바산 하운드는 자신을 맹목적으로 추종하는 돼지 무리들을 이끌고 다닌다. 그래서 여섯 번이나 돼지몰이 견으로 선출되었다.

녀석은 상당히 사회적인 성격을 타고났으며 주위 사람들을 비교하는 특이한 성격을 지니고 있다. 그래서

> 쿠바산 하운드는 신기하게도 한국과 친분이 두텁다. 한국 사람이 즐기는 "카스" 맥주와 "트로트" 음악을 즐긴다. 카스트로!

인지 무슨 일만 났다 하면 남들에게 이렇게 말한다: "체, 개봐라!"

쿠바산 하운드는 신기하게도 한국이라는 나라와 친분이 두텁다. 한국의 주식인 쌀을 좋아해서 항상 "쌀사!(Salsa)3)"라고 호객하며 외쳐대고 "카스" 맥주와 "트로트" 음악을 즐긴다고 한다.

1) 피델 카스트로는 대개 카키색 군복을 착용하는데 한 번 연설문을 읽기 시작하면 최소한 몇 시간은 기본으로 넘기기 때문에 땀을 닦기 위해 손수건이 꼭 필요하다고 한다.
2) 쿠바Cuba의 프랑스 발음이 '뀌바' 인 점에 착안, '엉덩이' 를 뜻하는 프랑스 속어 Cul(뀌)와 '낮은' 을 뜻하는 Bas(바)라는 단어를 사용하여 같은 발음을 내도록 하고 있다.
3) 쿠바에서 전해진 미국 댄스 음악.

한국산 진돗개
(노무현 한국 대통령)

진돗개는 한반도의 남서부 지방, 전라도 진도가 원산지이나 영원한 맞수인 남동부의 부산에서도 자기 출신이라 주장하고 있어 출신성분이 심히 의심스러운 종자이다. 본인 또한 명확한 해명 없이 이쪽저쪽에 모두 꼬리를 흔들고 다니니 더더욱 그렇다. 원래 경상도가 맡긴 하나 개를 볼 줄 모르는 그 지방 사람들이 거푸 옆구리를 걷어차 결국 서울로 쫓겨 갔다가 운 좋게 자신을 알아보는 임자를 만나 진돗개가 되었다는 설이 유력하다. 꼬리가 말려 올라간 것이 특징으로 꼬리가 처져 있으면 기가 죽은 것이고 위로 올라가 있으면 살판난 것인데 요즘은 잘 때도 꼬리가 위로 말려져 있다 한다. 일전에 양반집 혈통에 돈 많고 꿈 잘 꾸기로 유명한 몽견(夢犬)과 한반도의 대표견 자리를 놓고 싸울 때 믿고 의지하던 몽견이 배신을 때리고 주인집에서도 배신자가 속출하는 악조건 속에서도 한 번 물면 놓지 않는 진돗개 특유의 꼴통정신으로 극적인 승리를 거뒀다. 결정적으로 없이 살면서도 싸움을 피하지 않는 정신이 서민견들의 지지를 받은 것이 승리의 요인으로 여겨진다.

늙거나 보수적인 사람들은 이 개를 키울 수가 없으며 또한 이 변종 진돗개는 훈련소에서 가르치려 하면 실패한다. 오로지 열악한 환경 속에 방치해 두어야 한

"한 번 물면 놓지 않는 고집스런 꼴통정신"

다. 교도소에서 경비견으로 쓰는 바람에 업그레이드됐다고 한다. 새끼일 때 남의 소굴에서 젖을 먹다가 몇 번 쓴맛을 본 것이 약이 되기도 했다.

이 개의 특징은 뭐니뭐니해도 짖는 것이다. 일단 열받으면 때와 장소를 가리지 않고 짖어댄다. 그곳이 남의 집 마당이든 공공장소든 전혀 개의치 않는다. 일단 짖어대면 사방이 소란스러워진다. 그러나 북쪽 개들에게만은 예외로, 한배를 탄 동무처럼 짖지 않고 호의를 베푼다. 부잣집 개들과는 사이가 좋지 않아 잘 먹고 호사하는 애완용 개나 고관들의 족보로 채워진 비싼 개는 무조건 공격대상이다. 특히 신문사 사장집 고양이와는 씻을 수 없는 원한이 있어 틈만 생기면 으르렁거린다. 단점은 때와 장소를 가려 짖는 눈치가 모자라 스스로 곤경을 자초하는 데 있다.

하지만 연약한 면도 있어서 곧잘 운다. 이 유별난 종자는 자신의 성격을 검사하는 걸 별로 좋아하지 않는다. 특히 그 검사가 일반 검사일 때 대놓고 불쾌감을 드러낸다. 한번은 검사받던 중 막나가버린 적도 있다. 사는 곳이 마음에 들지 않으면 아예 주인집을 통째로 옮기려는 성향도 있어 조심스럽게 키워야 한다.

프랑스산 포인터
(자크 시락 프랑스 대통령)

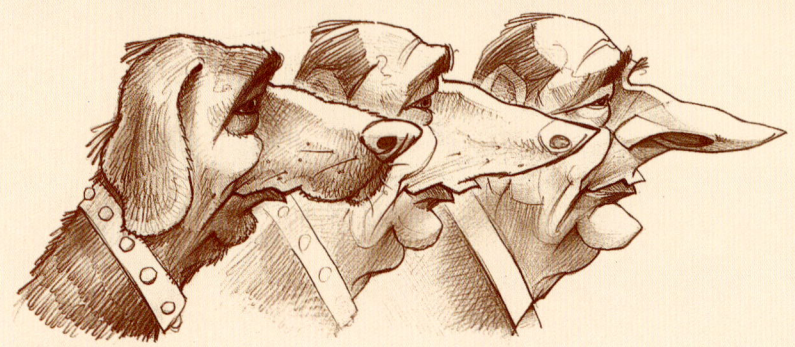

프랑스산 포인터는 대대로 매사냥에 동반되는 사냥개다. 그래서인지 프랑스의 국민견(犬) 용맹한 포인터는 오늘날까지 포콘느리(fauconnerie)[1]의 명수로 '칭송' 되고 있다(알 만한 사람은 다 알지 않는가?). 국민견 포인터는 일찍이 공직사회에 몸을 담았고, 무르로아(Mururoa)[2]산 버섯을 지나치게 즐겨먹는 습성이 있는 것으로 알려져 있다(동양에서 나는 무릉도원의 복숭아와 같은 버섯이라나……). 어쩌다 그 버섯을 먹게 되었는지 정확한 설명은 없지만 그 후 벌어지는 일들을 보면 아무래도 사냥개인 포인터가 무르로아 버섯을 즐겨 먹는 이유는 실성한 상태에서 벌어지는 일이 아니었나 싶다. 오만한 자태에도 불구하고 인기가 좋고 친근하게 느껴지는 이놈은 상당히 칠칠치 못한 녀석이다. 매번 자크를 열고 다니니 말이다……

마치 새 부리처럼 길게 늘어난 주둥이를 보면 후각이 상당히 예민해서 송로(松露)버섯을 잘 찾을 것 같지만 무르로아산 버섯만 찾아먹는 걸 보면 녀석은 헛다리 짚기[3]의 명수라고 여겨진다. 콜롱베산 세인트 허버트, 일명 블러드하운드의 먼 후손격인 프랑스의 포인터는 자신의 영역을 고수하느라 자리를 지켰던 선배들과는 달리 여러 지역으로 원정도 다니고, 각종 세계 통치견 모임 공식 사진 석상에서 커다란 몸집을 자랑스럽게 뽐내고 다니기를 좋아한다. 하지만 동행하는 암컷 때

"자크도 열고 다니는 헛다리 짚기의 명수!"

문에 각 지역의 특별 퀼-리네르(Cul-linaires)[4]를 맛보는 것은 꿈도 못 꾼다.

1) 프랑스어에서 발음이 동일한 '거짓, 미친 짓, 개수작'을 의미하는 "faux connerie"라는 표현과 '매사냥'을 의미하는 'fauconnerie'라는 단어를 사용한 교묘한 말장난.
2) 남태평양에 위치한 프랑스령 환초. 프랑스는 1994년 전세계와 프랑스 국내의 반대여론에도 불구하고 핵실험재개를 천명, 그 계획을 발표한 바 있다.
3) 가끔은 상황 판단이 흐려서인지 아니면 교활해서인지 뚱딴지 같은 소리를 하고 나중에 가서는 딴소리하는 경우가 있다.
4) 퀼리네르 : '요리'와 관계된 형용사를 의미하는 프랑스어 '퀼리네르(Culinaire)'라는 단어에서 앞부분의 Cul과 뒷부분의 linaire를 교묘히 잘라 놓으면 '엉덩이' '항문' '성행위'를 의미하는 단어 Cul이 탄생하게 된다. 물론 이것도 저자의 언어유희 수준을 엿볼 수 있는 대목이다.

콜롱베산 블러드하운드
(샤를르 드골 전 프랑스 대통령)

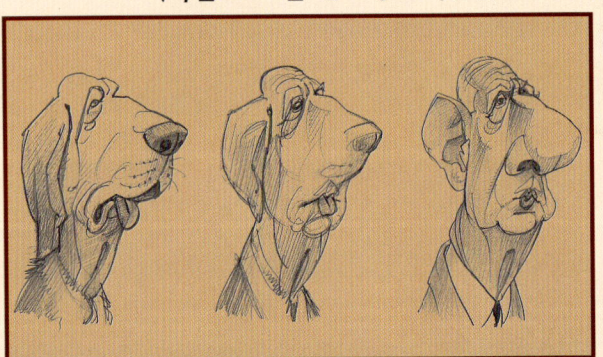

이해가
안 되는구만!

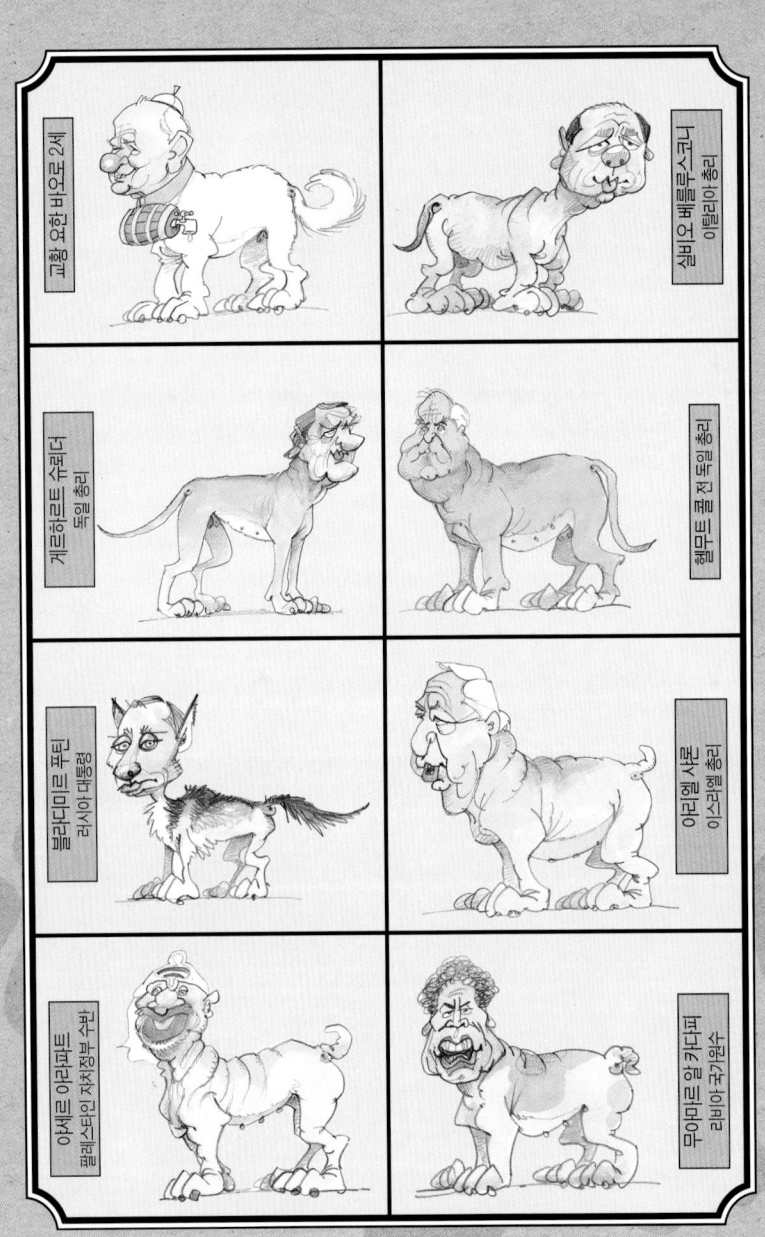

제 2 그룹
경비견 및 작업견

세인트(聖) 버나드
네오폴리탄 마스티프
도이치 도그
그랜드 도그
시베리안 허스키
이스라엘 샤페이
팔레스타인 샤페이
리비안 불독

상념에 빠진 증거

좋아하는 먹이

사랑과 평화로 발효시킨 노화방지 술(酒)

세인트 버나드
(요한 바오로 2세 교황)

세인트(聖)-버나드 좋은 겉보기와 달리 상당히 젊게 사는 놈이다. 젊은 시절에는 목에다 술통 하나 꿰차고 알프스 산악지방을 돌아다니며 겨울철 스포츠를 즐겼다고 한다. 폴란드 출신 아니랄까봐 밤낮으로 고주망태[1]가 되어 돌아다니니 지나가는 아가씨들 왈: "장-폴스키!"[2] 지금은 비록 높은 자리에 앉아 세상 모든 성스러운 개들의 추앙을 받고 있지만 새로운 영역을 발견하면 네발로 땅바닥에 엎드려 영역표시를 하는 모습은 개 출신인 자신의 과거를 당당하게 인정하는 아주 보기 좋은 모습이다. 특히 초심을 잃고 사는 모든 이에겐 따끔한 충고가 될 것이다.

해마다 때만 되면 성스러운 개들의 유적지를 방문하는데 한번은 순례 도중에 총알을 맞은 적이 있다. 죽을 고비를 넘겼지만 자신을 공격했던 맹수를 용서하는 관대함을 보였다. 하긴 누군가 자신에게 왜곡된 애정 표현 혹은 지나친 관심을 보였다는 사실 그 자체에 감동했을지 모른다. 그 후로는 자동으로 움직이는 바퀴 달린 개집을 타고 돌아다닌다.

교조주의자 기질이 다분한 세인트-버나드는 이혼을 끔찍이 싫어한다. 하긴 마누라도 없지만…… 게다가 낙태는 완강히 반대한다. 자식새끼도 없으니…… 성인 남자라면 누구나 한 번쯤 써봤을 법한 모자는 싫어하면서 하얀 빵모자를 항상 쓰고 다닌다.

한편 이 개는 저작권법을 철저히 지키는 원칙주의자로 알려져 있다. 복제품 알레르기가 있다고 하는데 그 증상은 세계를 놀라게 한 복제 양(羊) 돌리를 보면 녀석이 온몸을 부르르 떨면서 긁어대기 때문이라고 학계에 보고되어 있다. 아무래도 양진(痒疹)[3]에 걸린 건 아닐까?

복제품 알레르기가 있다. 그 증세는 복제양 돌리를 본 후 더욱 심해졌다.

---

1) 프랑스어에서 'boire comme un Polonais' 라는 표현이 있다. 직역을 하자면 '폴란드 사람처럼 마시다' 라는 뜻이지만 숙어로 '과음하다' 라는 뜻이다.

2) '장-폴스키' 란 말은 교황의 불어 명칭이 'Jean-paul deux' 이고 교황이 원래 폴란드 출신이기 때문에 '폴스카' 라는 단어, 그리고 스키를 즐긴다 해서 '스키' 를 적절히 합성해 만든 말장난이다.

3) 양진: 가려움이 심한 신경성 피부질환. 물론 여기서는 발음상 '양' 이라는 공통요소를 통한 언어유희적 표현으로 사용되었다. 실제로 교황청은 인간 복제에 완강히 반대하고 있다고 한다.

네오폴리탄 마스티프
(실비오 베를루스코니 이탈리아 총리)

간략한 자기 소개

본업: 정치 혹은 사업
부업: 사업 혹은 정치(상황에 따라 다르다)
분야: 부동산, 언론, 슈퍼마켓, 보험,
　　　광고, 축구, 영화 그리고 정치
업적: "Forza Italia!" '힘내라 이탈리아'라
　　　는 축구 응원용 문구지만 사실은
　　　정치운동에만 사용하고 있다.

킬로당 계란을 세 개씩 반죽해서 보기만 해도 푸짐하고 심지어 느끼하기까지 한 이태리산 밀가루 파스타를 주식으로 해서 그런지 네오폴리탄 마스티프는 항상 포동포동 살찐 얼굴에 겹겹의 주름이 인상적이고 개기름이 잘잘 흘러 넘치는 모습을 하고 있다. 두 겹, 세 겹으로 늘어진 턱과 볼때기 주위에는 항상 침을 질질 흘리고 다니는데 그 이유인즉슨, 그거 모니…… 그래, 머니가 될 만한 것들을 살피느라 그렇다고 한다. 그럼에도 자신은 상당히 깔끔하고 쌈박한 외모를 지니고 있으며 다른 종자들보다 월등한 우수종족이라고 자랑하는 모습은 가히 가관이라 할 수 있다.

젊은 시절부터 영역관리를 철저히 해온 덕에 짭짤한 수입으로 남부러울 게 없었던 네오폴리탄 마스티프는 자신의 영역을 비단 개판[1]에만 국한시키지 않고 스포츠, 사업, 언론, 광고, 슈퍼마켓 등 머니가 굴러들어오는 분야라면 마구잡이로 확장시켰다. 그래서 사람들은

> 머니가 될 만한
> 것을 살피느라
> 두 겹, 세 겹으로
> 늘어진 턱에는
> 항상 침을 흘린다.

네오폴리탄 마스티프를 두고 멀티플레이어라 칭한다.

한편 본업이자 부업인 정치 개모임에서는 상당한 인기(가끔)가 있지만 동시에 상당한 욕(자주)을 먹기도 한다. 자신이 정치 개모임 총리견에 당선됐을 때는 제2차 세계 견전(犬戰) 이후 처음으로 엔터테인먼트 쇼에 능한 파쇼견들을 대거 관직에 등용시켜 물의를 빚기도 했다. 한때는 프랑스 언론도 먹어볼까 하고 손을 뻗었다. 그런데 애석하게도(다행인가?) 녀석의 TV방송국은 알프스 산맥을 넘어오면서 그만 망하고 말았다. 이 사건을 두고 사람들은 베를루스콘느리[2]라고 이름 붙였다.

---

1) 물론 사업가로 더 성공해서 수백억 재산이 있긴 하지만 공식적으로는 이탈리아를 대표(?)하는 정치인으로 알려져 있다.

2) Berlusconnerie : 베를루스코니의 이름 앞 글자(Berlus)와 프랑스어의 '바보같은 짓, 머저리짓'을 의미하는 단어 '콘느리'를 교묘히 합성한 말장난. 한마디로 '베를루스표 바보짓'이라는 소리다.

도이치 도그
(게르하르트 슈뢰더 독일 총리)

언뜻 보기엔 사나운 사냥개과에 해당하는 맹수처럼 보인다. 이름만 들어도 위압감이 느껴지지 않는가? 도이치 도그라니! 왠지 2차대전 당시 독일의 포로수용소에서 24시간 경비를 서던 경비견이 머리에 떠오른다. 떡 벌어진 어깨선, 프러시아의 용맹한 장군을 연상시키는 파란 눈과 그 위를 장식한 짙은 눈썹, 아래쪽으로 늘어진 무게감 있는 턱과 침 흘린 흔적조차 안 보이는 깔끔한 입술, 그 뒤에 숨어 있는 무시무시한 송곳니까지……겉보기에는 정말 무섭지만 놀랍게도 녀석은 순진하고 상당히 소심하다. 역사적으로 땅 따먹기의 황제들이 대부분 독일 출신이었던 데 반해 이 녀석은 땅 따먹기에는 별로 관심도 없고, 지금의 상태로도 상당히 만족해하는 어찌보면 소심한 면이 많은 녀석이다. 정확한 정보를 확인할 수는 없지만 암컷들 앞에서는 상당 수준의 입놀림으로 상대를 현혹시킨다고 한다.[1] 혹자는 검은 속이 드러나 보인다고 비판을 하지만 내심 속으로는 은근히 부러워하며 자신들이 그런 능력을 타고나지 못한 것을 한탄하고 있는 것이다. 독일 경비견들은 지난 50여 년간 일종의 콤플렉스로 상당히 골머리를 앓아왔다. 성난 암캐, 수입견, 동성연애견, 스킨헤드견 등 각기 다른 성향과 취향을 지닌 개떼들을 통일시키고 단합시키는 일 때문이다. 하기야 SPD[2]라는 이름의 당을 이끌고 나간다는 게 어디 쉬운 일이겠는가? 역대

> **"호모당을 이끌며, 전용마차를 아우디표 마차로 변경"**

독일 대표 경비견들은 벤츠표 마차를 타고 다녔는데 이 녀석은 대표 경비견이 되자 전용 마차를 아우디표 마차[3]로 변경했다고 한다.

[1] 슈뢰더 총리는 실제로 세번째 부인과 이혼한 후 22일 만에 네번째 부인과 결혼에 골인해 주위의 눈총과 부러움(?)을 받았다고 한다.
[2] 독일 사민당의 약자이지만 프랑스식으로는 '에스-빼-데' 라고 발음되는데 이는 '호모, 동성연애자' 를 지칭하는 속어이다. 한 마디로 호모당이라는 소리이다.
[3] 역대 독일 총리들이 벤츠를 전용 자동차로 타고 다녔는데 슈뢰더 총리는 당선 후 총리 전용 승용차를 아우디산으로 변경했다. 이유는, 아우디는 폴크스바겐 자동차 회사의 자회사이고, 폴크스바겐사는 슈뢰더 총리가 오랜 기간 동안 주지사로 있었던 독일의 니더작센주에 본거지를 두고 있기 때문이다. 가재는 개편이라는 소리다. 아니, 개가 가재편인가?

그랜드 도그
(헬무트 콜 전 독일 총리)

요새는 그랜드 도그가 짖는 소리를 도통 들을 수 없다. 아끼던 암컷도 잃고, 정치적 영향력도 줄어들고… 그래도 한때는 '통일의 아버지' 라는 찬사도 받았는데……

시베리안 허스키
(블라디미르 푸틴 러시아 대통령)

끝없이 펼쳐진 눈 덮인 시베리아 대초원…… 얼마나 낭만적인가? 하지만 아무리 여행을 좋아하는 사람이라도 늑대개가 돌아다니는 이곳에선 특별히 입조심해야 한다. 영화 '러브 스토리'의 명장면을 연상하며 눈 속에 뛰어들었다가 입에 들어간 눈을 뱉어내기 위해 재채기를 하거나 침을 뱉으며 "체체[1]!"거리면 어디선가 귀신같이 소리를 듣고 나타난 늑대개에게 봉변을 당할 위험이 상당히 높기 때문이다.

> "재채기 조심!
> 녀석 앞에서
> '체체' 거렸다간
> 가스총 맞기 십상"

하도 굶주려서 가지만 남은 나무처럼 앙상한 갈비뼈와 유사시를 대비해 예리하게 갈아놓은 송곳니는 보기만 해도 아찔하다. 게다가 아프간 하운드 친척들이나 CIA 출신이라면…… 이들을 기다리는 것은 개죽음뿐이다! 은은한 은회색 빛깔의 털과 카르파티아 산맥을 담아 놓은 듯 매혹적인 푸른 눈빛을 가진 시베리안 허스키는 마치 라스푸틴족의 직계 후손인 트랜실베니아 드라큘라 백작 같은 수려한 외모를 지녔다. 이제는 파피 뤼스[2]가 되어버린 선배, 고르비에 비해 나이는 한참 어리지만 이 녀석은 바로 위 선배, 얼치기의 전용

썰매를 잘 끌었다고 해서 KGB(크렘린 공식지정 바둑이)란 호칭을 하사받았다. 러시안 국립 알코올인 보드카보다 프랑스산 와인을 선호하는 특이한 성향을 지녔으며, 썰매를 많이 끌어서 그런지 스포츠에는 일가견이 있다. 마지막으로 녀석의 특이한 점은 재채기 탐지용 최고급 가스총을 항상 휴대하고 다닌다. 그래서 이 녀석 앞에서 체체거리거나, 재채기를 하면 곧바로 가스총을 발사한다. 정말 조심해야 한다. 그 가스를 한 번 맡으면 바로 골로 가는[3] 수가 있다.

---

1) 체첸과 러시아는 아직도 전쟁중이다.
2) 원문: papy russe, 뜻풀이를 하자면 '러시아 할아버지' 정도이다. 이 대목에서는 이제는 기억 속에 사라진 고르바초프를 빗대어 하는 말이다. 나이도 이제 할아버지뻘이고, 세간에 별로 회부되지 않는 고문서처럼 잊혀졌으니 '파피루스' 같은 존재가 아니겠는가?
3) 아시다시피 체첸 게릴라가 모스크바 국립극장 인질극을 벌일 당시 푸틴 대통령은 살인 가스의 살포를 허가한 바 있다.

이스라엘 샤페이
(아리엘 샤론 이스라엘 총리)

바윗돌처럼
굳은 심지를 가지고
있다고 하여 별명이
"샤론 스톤"이라나?

샤페이는 원래 고대 중국의 전투견이었다. 물론 오늘날 전장에 투견을 보내지는 않는다. 왜냐하면 전장에서 피를 흘리며 죽어가는 가련한 짐승이 너무나 불쌍해 보였기 때문이다. 그래서 전투견 대신에 전투병을 투입하게 되었다. 한 마디로 문명화의 효과라고 할 수 있다. 하지만 더 앞서나간 선진 문명국가에선 전투병을 전장에 투입하는 일도 점점 사라지기 시작했다. 전투병들이 전장에 나가면 개들의 시중을 들어줄 사람이 없기 때문이다. 그리고 전투병도 불쌍하긴 마찬가지기 때문이다. 그래서 이제는 전쟁이 발발하면 "전투용 샤[1]"를 전장에 투입하게 되었다. 얼마나 행복한 결정인가? 전투에 투입된 "샤"는 기쁨을 감출 수 없었고, 이를 본 샤론 왈: "샤롱 론느[2]!"

투박하고 공격적인 이스라엘 투견 샤페이는 바윗돌처럼 굳은 심지를 가지고 있다고 하여 별명이 "샤론 스톤"이다. 항상 이스라엘 청소에 열을 올리며 투견답게 동네 서클도 평화와 조화를 추구하는 비둘기파를 외면

하고 매파에 가입했다. 하긴, 사냥개나 매나 둘 다 사냥에는 원초적인 본능을 타고났으니…… 후에 비둘기파에 있는 시몬 페레스 총리견과 화기애매(?)한 밀담을 나누었다는 후문이 있다. 사람들은 이 둘이 서로 안 친한 줄 알고 있었는데 그게 아니었나 보다. 샤론과 시몬 중 특히 시몬은 거리를 두고 항상 샤론의 행동을 지켜봐 왔었다고 한다. 그래서 사람들은 이렇게 얘기한다: "시몬 베이유.[3]"

---

1) 원문은 Char. '탱크'라는 뜻의 프랑스어. 뒤에 나오는 말장난을 위해 암시적으로 사용되었다.

2) 원문은 Sharon ronne. '샤론이 기뻐하다, 만족해하다'라는 의미로 아리엘 샤론이 호전적인 인물임을 묘사하는 동시에 발음상 다시 해석해 보면 'Char ronronne(샤르 롱론르)', 즉 '탱크가 부르릉거리다'라는 의미로 항상 전시태세로 긴장이 감도는 이스라엘 지역을 우회적으로 표현했다.

3) 원문은 Shimon veille. '시몬은 지켜본다'라는 의미의 문장이지만 여기서는 프랑스의 여성 정치가 시몬 베이유Simone Veil를 은근히 빗대어 표현한 대목이다.

팔레스타인 샤페이
(야세르 아라파트 팔레스타인 자치정부 수반)

주의사항

앞 페이지에 나온 샤페이와 애증의 관계. 절대 교미시켜서는 안됨.

이스라엘 샤페이와 먼 친척뻘 되는 이 녀석은 친척에 비해 상대적으로 왜소하고, 굶주려 지낸다. 그렇다고 싸움을 못 한다거나 싫어한다는 소린 아니다. 죽어야 사는 개라고 했던가…… 나이도 먹을 만큼 먹은 이 노(老)견은 현재 라말라[1]라는 영역을 죽을 힘을 다해 지키고 있다. 십여 회가 넘게 신문의 부고란에 이름이 올라갈 뻔했지만 아직까지는 국제면을 가끔씩 화려하게 장식하고 있다(그 인기가 점점 줄어들고 있긴 하지만……). 한때는 테러견으로 의심을 받기도 하고 갖은 비난도 받았지만 옆동네 주민견과의 패싸움에 종지부를 찍겠다고 노력한 공을 인정받아 노벨 평화상을 수상한 적도 있다.

지금은 광견(狂犬)과 하마 사이에서 태어난 돌연변이의 일종인 하마스[2] 부대를 관리하느라 고전중이라고 한다.

참으로 신기한 건 지난 50년간 항상 카키색 군복을 입고 다니면서 머리엔 식당에서 가져온 대형 식탁보를 두르고 다니는데 그 이유를 알아보니 언제라도 협상

> **66 늘 카키색 군복 차림에 머리엔 대형 식탁보, 알고 보니 협상 테이블용… 99**

테이블에 앉아 회담을 하기 위해서라고 한다.

지금은 팔레스타인 샤페이에 대한 소식이 뜸하긴 하지만 9·11 테러 사태 이후 인도적 차원에서 헌혈을 하겠다고 나서기도 했다고 한다. 이에 자극받은 이스라엘 샤페이도 헌혈을 결심했다고 한다. 단, 혈액은 팔레스타인 주민견들을 통해 무한대로 공급할 예정이라고…….

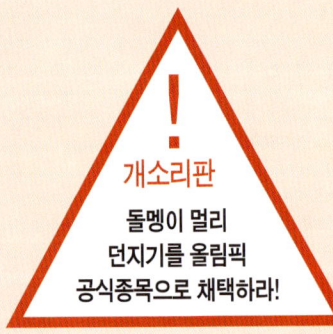

개소리판

돌멩이 멀리 던지기를 올림픽 공식종목으로 채택하라!

---

1) 라말라는 팔레스타인에서 가장 격렬한 저항이 일어나는 분쟁의 1번지다.
2) 팔레스타인 무장저항단체로 이스라엘에 대한 테러 전문집단이다.

리비안 불독
(무아마르 알 카다피 리비아 국가원수)

[사료]

무, 하마_알

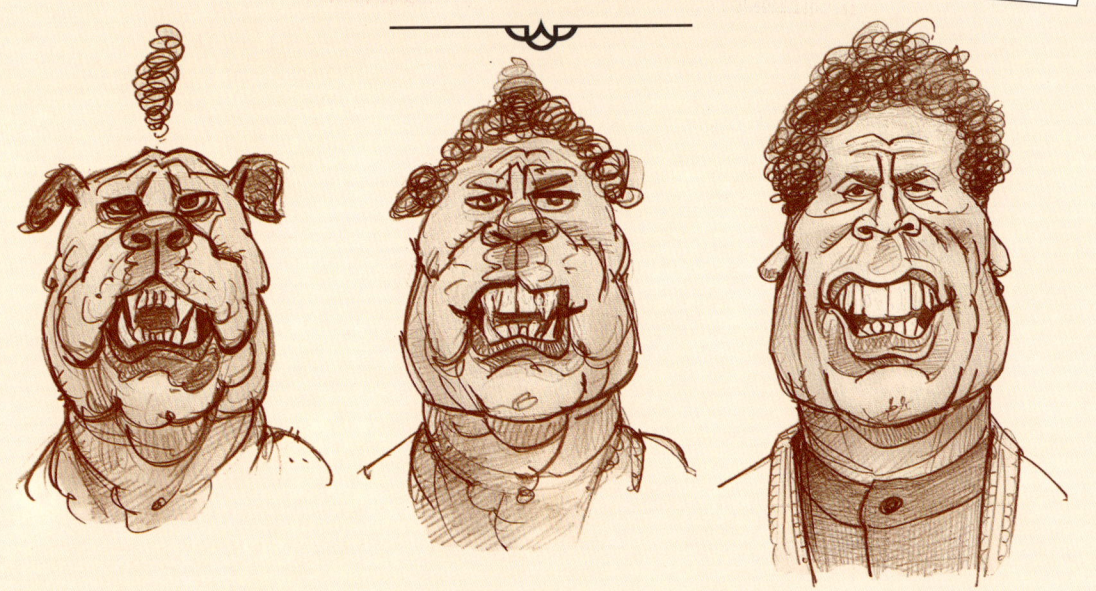

언뜻 보면 리비안 불독은 험상궂은 인상과는 달리 만져도 위험하지 않은 개처럼 행동한다. 침도 안 흘리고 별로 짖지도 않고, 게다가 이탈리아의 패션감각에 상당한 영향을 받은 덕인지 스노브(속물근성)한 면도 가지고 있다. 하지만 지금이 어떤 시기인가? 보이는 대로 믿었다간 정말 큰코 다치는 그런 세상이 아니었던가? 이

"고도로 사악한 면을 지닌 대표적인 '게놈'(Genome)"

놈 역시 이런 속담이 절대진리라는 것을 몸소 실천한 전형적인 '게노무'(Genome, 염색체) 자식 중 한 놈이다. 정직한 척 앞에서는 두루두루 예의를 챙기고(트리-폴리)[1], 뒤에서는 갖은 술수를 다 부리며 불법무기를 부정거래(트리포테)하는 내숭의 달인이기 때문이다. 별로 신통치 못한 군인이었음에도 불구하고 각종 메달은 다 달고 다니는 녀석은 공격적이고 고도로 사악한 면을 지닌 대표적인 '게놈'(Genome)이다. 절대로 정면승부를 하지 않고 교묘히, 은근슬쩍 치고 빠지는 상당히 고난도의 지능적인 두뇌 플레이로, 혐의는 있지만 증거는 가급적 남기지 않는 치밀함을 보인다(하긴 나쁜짓 하다가 걸려도 아니라고 잡아떼면 그만 아닌가?). 녀석이 이렇게 설쳐대는데도 불구하고 디즈니

최고참 미키 마우스[2]는 도대체 왜 카(cas)-다피(Daffy)[3]에 신경을 쓰지 않는 건지 주변에선 말이 많다. 여담이지만 리비안 불독은 성인군자는 아니지만 종교에 상당히 심취해 있는 독실한 신자라고 한다. 이맘[4]때쯤이면 아마 종교적인 리비도 수치가 극에 달해 무슨 알리바이를 꾸미고 있을지 알 수 없는 일이다. 그리고 또 한 가지, 세계를 지배하는 개들의 모임이 있으면 제공된 숙소를 마다하고 경비견답게 앞마당에 천막을 치고 잔다고 한다.

---

1) 트리폴리는 리비아의 수도이다. 여기서는 '트리-폴리'로 나누어 겉보기에는 상당히 친절하다는 점을 역설적으로 표현하였으며, 프랑스어에서 '부정적인 이득을 취하다'라는 동사 '트리포테(Tripoter)'를 사용해 발음상의 언어적 유희를 보여주고 있다.

2) 디즈니의 미키 마우스는 불량국가 리스트를 만들어 자신의 이익과 직관된 국가는 '민주주의'라는 대의명분으로 공격과 침략을 서슴지 않지만 별 상관없는, 즉 파먹을 게 없는 나라는 '소 닭 보듯' 방관만 하고 있는 미국의 행동을 우회적으로 비판하고 있다.

3) 원문: le cas Daffy, 즉 '다피 케이스'로 이해할 수 있지만 여기서는 디즈니 만화에서 도날드 덕과 함께 양대 오리 캐릭터인, '데피 덕(불어식으론 다피 덕)'을 가지고 교묘히 말장난을 하고 있다. 만화상의 '다피 덕'은 상당히 악질적이고 장난기가 심한 오리이다.

4) 이슬람교의 예배를 주관하는 종교 지도자를 '이맘'이라고 부른다.

제 3 그룹
애완견 및 호사견

플루토

버킹엄산 요크셔테리어

로열 휘페트

남아프리카 퍼크

모나코 비숑

모로코 로열 달마시안

재패니즈 시츄

아프간 폭스테리어

카타르 블랙 퍼얼

'커피' 푸들

페키니즈

티베탄 에파뉴엘

좋아하는 먹이

미키 마우스가 나눠주는
치즈조각

플루토
(토니 블레어 영국 총리)

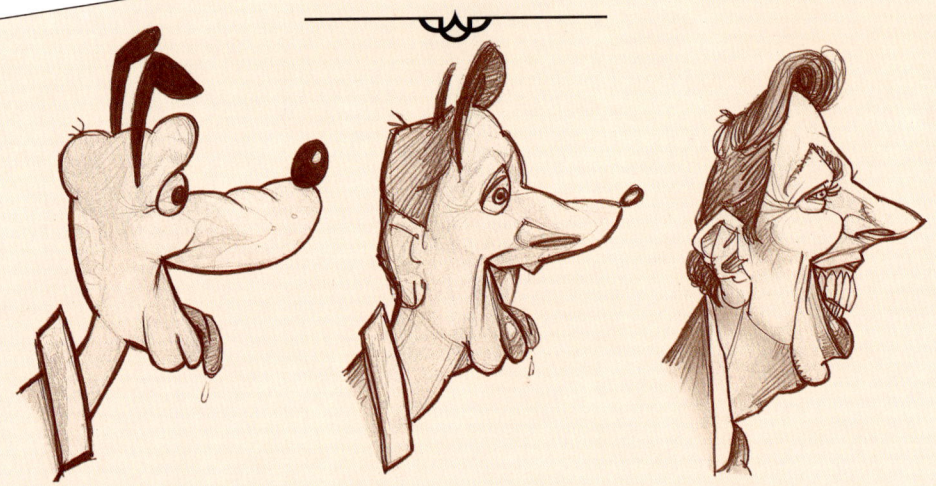

영국에서는 강아지나 개를 찾아보기 힘들다. 영국땅을 밟기 위해선 상당한 수준의 검역 과정을 통과하여 적격 판정을 받아야 하기 때문이다. 인간적으로, 아니 개인(犬人)적으로 이 검역에서 합격 판정을 받기란 낙타가 바늘구멍으로 들어가는 것보다 힘들다. 그리고 영국의 인간들은 개보다는 고양이를 좋아한다. 그게 단점이라면 단점이랄까…… 상황이 이러하다 보니 플루토의 인기는 하늘을 찌를 듯하다. 희소가치의 원리라고 생각하면 될 것이다. 게다가 절친한 친구 미키의 전폭적인 지지(최근 문화 변이현상에 따라 '지지' 라는 단어의 의미는 '어떤 사람이나 단체 따위의 주의·정책·의견 따위에 찬동하여 이를 위하여 힘을 씀' 이라는 의미에서 '마음 놓고 부리거나 일을 맡길 수 있는' 의 의미로 바뀌었다)를 받고 있다.

플루토는 아메리칸 코커 스패니얼 다음으로 미국인들이 가장 좋아하는 애완견이다. 그 이유는 상당히 말을 잘 듣기 때문이다. 애완견임에도 불구하고 경비견 역할도 마다하지 않는 플루토는 '짖어라' 하고 명령만 내리면 앞뒤 안 가리고 짖는다. 생각은 나중에 해도 되니까…… 아니면 생각을 아예 하지 않든지, 아무튼 상황에 따라 다르다. 호감 가는 외모, 왠지 사람을 끄는 매력, 무엇보다 심지가 굳은, 어느 한쪽에 치우치지 않는 정치 성향은 이 시대 폴리티씨앙[1]들이 모델로 삼아

> 66짖으라는 명령에
> 앞뒤 안 가리고
> 짖는다.
> 생각은 나중에…99

야 할 만큼 강직하다. 영국내 노동견들과 함께 레이브 파티[2]를 벌인 덕에 18년간 수구견(守舊犬)들이 굳건히 지켜왔던 헤게모니를 빼앗는 동시에 지금까지 강아지 사료시장을 장악했던 '데쳐먹는 메이저-마가린'[3] 상표 제품의 독주를 저지하는 데도 성공했다. 지금은 왕실에서 하사한 비밀 임무를 수행하느라 바쁜 시간을 보내고 있다.

임무수행시 플루토가 착용하는 장비 및 무기는 다음과 같다.[4]

▶ 장비 및 무기: 골든아이, 골든핑거, 황금 총, 살인면허
▶ 실전 투입된 작전: 여왕폐하 대작전
▶ 그밖의 특이사항: 스파이와 사랑에 자주 빠진다. 절대 죽지 않고 두 번 산다.

---

1) '폴리티씨앙' 은 프랑스어로 '정치인' 을 뜻하는 단어다. 하지만 마지막 두 음절인 '씨앙' 은 프랑스어에서 개를 의미하는 '쉬양' 과 발음이 비슷하다. 우리 국어에서도 저 두 음절을 강하게 연음해 읽어보면 놀랍게도 의미심장한 뜻을 전달할 수 있다.
2) 노동당을 뜻하는 'Labour Party'. 정치판이 'Rave Party' 처럼 정신 없기는 거기나 여기나 마찬가지인가 보다
3) 마가릿 데처와 존 메이저 전 영국 총리. 둘 다 보수당 출신이다.
4) 이하 007 영화 제목.

AGENT 000

* 요원 000

버킹엄산 요크셔테리어
(엘리자베스 2세 영국 여왕)

영국의 견공들은
다 같이 한 목소리로
이렇게 노래한다.
"오, 신이시여!
여왕을 구(狗)하소서!"

왜소한 크기와 우스꽝스런 옷차림(특히 모자)에도 불구하고 움직일 때마다 전세계 이목을 집중시키는 스타 여왕견(女王犬), 요크셔테리어는 반세기 동안이나 버킹엄 궁을 떠나지 않고 위엄 있게 지키고 있는 것으로 유명하다. 평생을 트론[1] 위에서 살았기 때문인지 변비기가 심해 보이는 인상이고 운동부족으로 키도 별로 자라지 않았다. 하긴 50년이 넘도록 한 자리에 앉아 있었으면 일어날 힘도 없을 것이다.

요크셔테리어의 영역은 영연방이라는 곳인데 틈만 나면 소떼들이 오줌을 갈기듯(like a pissing cow)[2] 비가 뿌려대기 때문에 장갑과 망토, 그리고 리본 달린 모자는 외출시 필수품에 해당한다.

엄마 뒤를 졸졸 쫓아다니는 장남 찰스는 어서 어머니가 자리에서 일어나실 수 있도록 밤마다 기도 드린다고 한다. 자기도 변기를 쓰고 싶다나…… 황실 가족 수컷을 곁에 대동하긴 하지만 밖에 나갈 때, 혹은 파티를 열 때 등 공적인 자리에 참석할 때만 대동한다.

요크셔테리어가 주로 하는 일은 각계각층에 포진하고 있는 견공들 중 큰 공을 세운 견공들을 골라 나이트(Knight, 기사)로 임명하는 것이라고 한다. 버킹엄 공식 기사단으로 뽑힌 견공들은 축하 파티를 거의 대부분 유명한 나이트에 가서 한다고 한다.

때가 되면 자신의 영역을 떠나 해외로 순방을 떠나기도 한다. 지금은 고인이 됐지만 아주 유명한 며느리도 있었다. 그런데 둘 사이 고부 갈등이 상당히 심했다고 한다. 하긴, 요크셔의 본명이 E-Liza[3]였으니 심성이 착할 수만은 없겠지…… 애칭까지 나온 김에 요크셔의 호적상 이름을 불러보자. "신의 은총을 받아 거대한 브리트니 연합 왕국을 오른손에, 북아일랜드를 비롯한 기타 영역을 왼손에 거머쥐고 복지국가의 수장 자리를 신념을 가지고 지키는 엘리자베스 2세!"

그리고 영국의 견공들은 다 같이 한 목소리로 이렇게 노래한다: "오, 신이시여! 여왕을 구(狗)하소서![4]"

---

1) 프랑스어에서 '왕좌, 권좌'를 뜻하는 'trone'이라는 단어는 예전에 '화장실'이라는 의미로 사용되었다.
2) 광우병의 악몽이 되살아난다.
3) 우연의 일치일까? '엘리자'의 영문 표기인 'Eliza'를 본문에서처럼 끊어 읽으면 '이라이자'가 된다. 만화 주인공 캔디의 영원한 숙적……
4) 영국 국가는 'God save the Queen'이다.

로열 휘페트
(에든버러 공 엘리자베스 2세의 남편)

남아프리카 퍼그
(넬슨 만델라 전 남아프리카 대통령)

남아프리카에 서식하는 퍼그란 종은 짧은 다리와 짧은 털을 가진 비교적 크기가 작은 강아지로 네덜란드에서 수입된 종이다. 최초로 들여온 사람은 보어인이고 사육한 사람은 줄루족이며, 보어와 줄루는 사이가 퍽이나 좋았다. 이 녀석의 예전 암컷은 꿀통을 상당히 좋아하고, 노란색 옷을 즐겨 입는다 해서 '위니'라는 별명을 얻었다!

녀석이 왜소하고 피부가 까만 까닭은 한창 뛰어놀아야 할 어린 시절을 컴컴한 구석에서 지내다 보니 영양실조와 발육부진으로 키가 자라지 않았고, 피부도 검게 변했다고 한다.

녀석이 ANC(Association National Canine)[1]를 지휘할 당시 경찰견들과의 잦은 충돌로 많은 민간견(犬)들이 죽고 다치기도 했다.(당시 대부분의 경찰견은 과도하게 마신 화이트(white) 맥주에 취한 상태로 흑맥주를 음미하던 민간견들을 공격하였다고 한다.) 참고로 남아프리카 퍼그는 아파트를 Hate[2]한다. 이유야 알 수 없지…… 아파트도 싫어하고 여기저기 개모임을

> **"개구멍에도 별들 날 있다더니 27년간 감방생활 끝에 노벨평화상 수상까지…"**

주선했다는 이유로 여러 차례 감옥을 들락날락, 별도 수없이 많이 달았다. 하지만 개구멍에도 별들 날 있다더니, 녀석은 27년간 어둠의 생활을 하다가 감방생활중 유일한 취미였던 펜팔 친구들의 도움으로 빛의 세계로 걸어 나오게 되었다. 그리고 까만 피부가 더 까맣게 그을릴 때까지 열심히 일했다고 한다.

또한 녀석은 "화이트 맥주와 흑맥주"에 대한 공동 연구로 1993년 노벨평화상을 수상한 바 있다.

그리고 지금은 후배에게 개모임 지휘권을 넘겨주고 한가로이 여생을 즐기고 있다.

---

1) 원래는 아프리카 민족회의(African National Congress)를 뜻한다. 여기서는 '개와 관련된' 이라는 뜻의 라틴어로 교묘히 말장난을 한 것이다.
2) 아프리칸스어로 '분리' 라는 뜻의 아파르트헤이트(apartheid)는 남아프리카 공화국의 소수 백인이 다수 유색인종을 지배하기 위해 세운 정책이다.

모나코 비숑
(레니어 3세 모나코 공국 국왕)

주요 먹이
세탁용 세제,
플라스틱 칩

모나코 비숑은 멸종위기에 처한 녀석이다. 과거에 레이니어(Rainier) 산맥에서 세 차례 공연을 했던 서커스단에서 활약했다고 해서 붙여진 이름이 레니어 3세(Rainier III)라고 한다. 비록 서커스 단원으로 활동한 바 있지만 녀석은 엄연한 왕족이다. 그리고 유난히 깔끔을 떠는 성격이라 전세계의 세탁물[1]을 도맡아 처리하고 있다. 특히 빳빳한 종이를 전문적으로 세탁할 수 있는 기계[2]도 보유하고 있다(참고로 이 기계를 사용하기 위해서는 플라스틱 칩이 필요하다). 비록 녀석이 오줌을 뿌려놓고 관리하는 영역이 전세계 개판 중 두번째로 좁지만, 언제나 온갖 잡견들이 북적댄다. 또한 유명한 환락가 몬테 카를로에 가면 별의별 동물들을 다 만날 수 있는데, 특히 눈에 많이 띄는 동물은 온갖 잡새들이다. 그래서인지 이곳을 세천국(稅天國)이라고도 부른다.

모나코 비숑은 멸종 위기에 처한 녀석이 맞나 싶을 정도로 번식력이 탁월해서 슬하에 세 마리 공주와 왕자 강아지를 끼고 산다. 물론 우아하고 자비로운

"유난히 깔끔 떠는 성격이라 전세계 세탁물을 도맡아 처리"

(Grace[3]) 암컷 덕분이었다. 녀석의 짝은 참으로 품위 있었지만 안타깝게도 일찍 세상을 떠나고, 강아지들은 발정난 개새끼마냥 이리 뛰고 저리 뛰고 천방지축이다. 문란한 생활로 아비 없는 새끼를 만들어오는 녀석이 있지 않나, 저 멀리 독일의 하노버로 원정을 떠나 8월의 신랑[4]을 만들어 오지 않나, 하나밖에 없는 왕자녀석은 집안이 전통적으로 서커스를 해 왔는데 자신도 집안의 명예를 위해 서커스를 해야겠다고 겨울만 되면 길다란 썰매를 끌고 이 나라 저 나라를 떠돌고 있으니[5]……

* 세탁해 드립니다.

1) 외국기업에게는 각종 세금이 면제되는 관계로 돈세탁과 관련된 사건이 빈번히 일어난다.
2) 카지노가 있는 곳엔 항상 검은 돈이 오고 간다. 모나코의 주 수입원은 관광과 카지노이다.
3) 레니어 3세는 1956년 은막의 스타 그레이스 켈리와 결혼해 화제를 모았다.
4) 레니어 3세의 첫딸, 카롤린 공주는 독일 하노버 왕가의 에른스트-아우구스트(Emst-August) 왕자와 결혼했다.
5) 레니어 3세의 아들, 알베르 왕자는 실제로 겨울스포츠인 봅슬레이광으로 알려져 있으며 동계올림픽에도 5회나 출전한 경험이 있다.

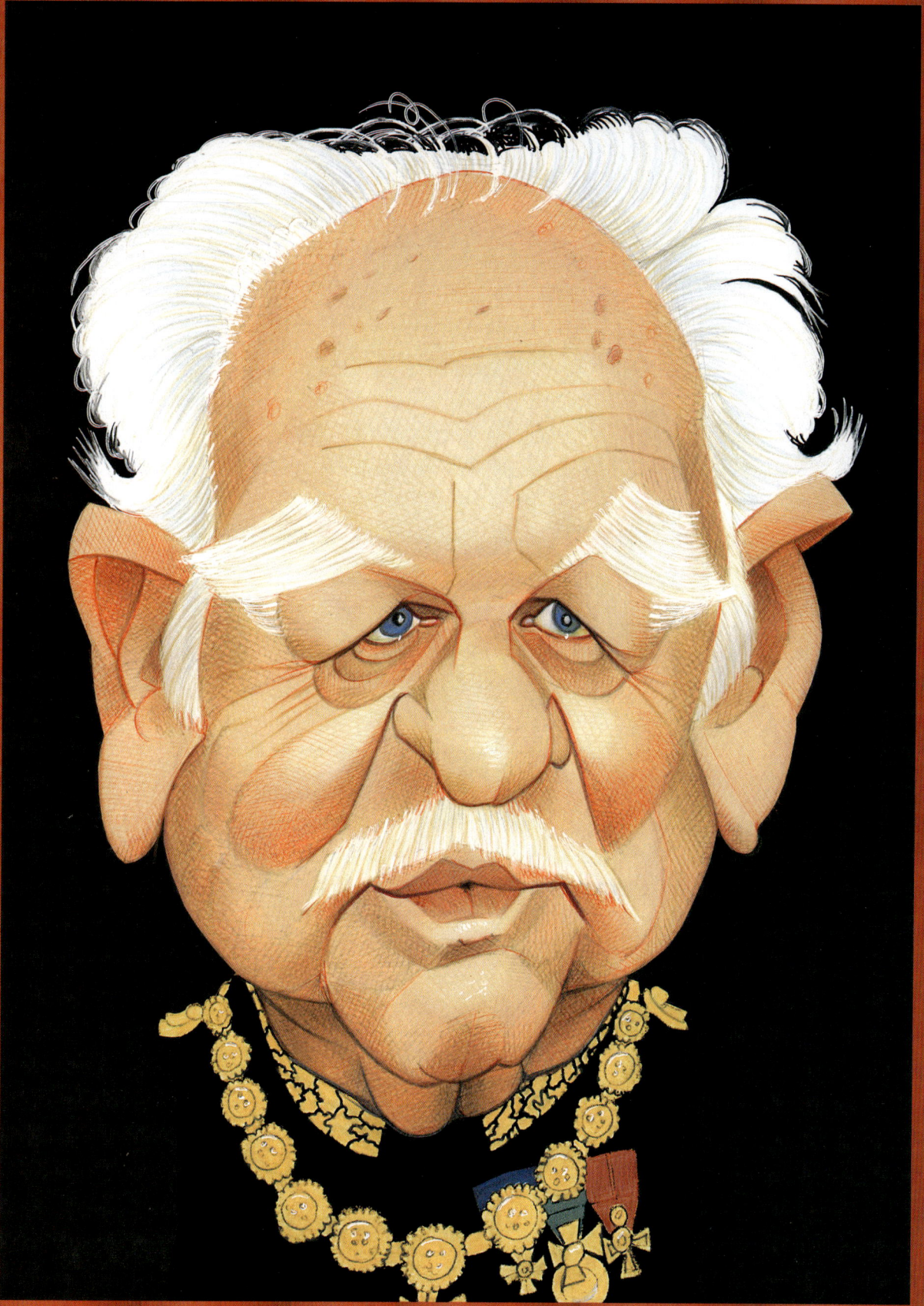

모로코 로열 달마시안
(모하메드 6세 모로코 국왕)

순수 모로코 왕족의 혈통을 자랑하는 하산 2세의 아들, 모하메드 6세는 왕견(王犬)(한국의 고려태조 왕건(王建)과는 아무런 상관이 없는 것으로 밝혀졌다)의 후손이다. 녀석은 젊고 패기에 넘친다는 것과 주사료로 쿠스쿠스[1]를 먹는다는 것 외에 더 이상 밝힐 것이 없다. 왕족의 비밀은 함부로 캐는 게 아니란다.

1) 모로코 특유의 밀, 쿠스쿠스로 요리한 전통음식.

재패니즈 시츄
(고이즈미 준이치로 일본 총리)

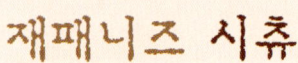

동그란 얼굴에 리본처럼 곱게 부풀려 올린 파마머리가 아주 잘 어울리는 이 녀석은 귀엽게 생긴 외모에 비해 옆동네에서는 상당히 과격하고 무례하다는 평판을 받고 있다. 젊은 시절부터 Rock음악을 즐겨 듣는 편이라 록-키드(Rockheed)[1]라는 별명을 얻었고, 나이에 맞지 않게 가끔씩 치매기가 있는 말을 지껄이는 관계로 옆동네 통치견들의 갈굼을 한몸에 받고 있다. 하지만 국민들에게는 상당히 인기를 많이 얻어서인지 사람들은 녀석을 보면 항상 이렇게 얘기한다: "¥, 없으면 못 살아!"

1) 국방산업관련 비리에 연루되어 미국의 방위산업체 록히드 마틴사에게 뇌물을 받았다는 의혹을 산 적이 있다.

아프간 폭스테리어
(하미드 카르자이 아프가니스탄 대통령)

23,457개의 견족으로 구성된 다견족(多犬族) 무리를 통솔하는 일, 그게 어디 쉬운 일이겠는가? 막중한 임무를 맡은 아프간 폭스-테리어는 이 일을 아주 잘 해내고 있다. 코가 커서 그런지 국제 정세의 변화를 거의 동물적 감각으로 읽고(동물이니까……) 한몫 챙긴 녀석이다.

카타르 블랙 퍼얼
(하마드 빈 칼리파 알타니 카타르 대통령)

흑진주 목걸이, 흑진주 이빨, 흑진주 식기로 치장한 녀석은 땅속 깊숙한 곳에 흑진주 더미를 숨겨둔 흑진주 장사꾼이다. 값비싼 경비견 출신인 녀석의 본명은 하마드 빈 칼리파 알타니라고 한다. 미국에선 결코 환영받지 못할 이름임에도 불구하고 보기 드물게 우대 받는 희귀종이다. 흑진주 장사 외에 녀석은 부업으로 요즘 한창 자지러지게 웃기는 방송국을 하나 운영하고 있는데 그 이름이 '알-자지라' 라고 하더라……

애완견 및 호사견

'커피' 푸들
(코피 아난 UN 사무총장)

[좌우명]

조직의 힘을 키워라!

코피색 털과 하얀 가발을 둘러쓰고 다니는 우아한 푸들은 취미가 회의접견이라고 한다. 커피 푸들은 세계에서 가장 거대한 조직의 우두머리이다. 그 조직은 각종 하위조직으로 구성되어 있으며 전세계적으로 지부를 운영하고 있고 또 전체 조직원의 종자는 헤아릴 수 없이 많다.

이 조직이 관여하는 사업 역시 조직원의 수만큼 다양하다. 주 사업분야는 경제, 전쟁, 문화, 대량살상무기, 마약, 세계적인 분쟁 등 굵직굵직한 분야에 끼여들어 손을 봐주고 있으며, 하늘색 베레모부대[1]라는 공식적인 무장 행동대원들도 세계 각 지역에 배치해 두어 유사시 조직원들을 전세계 어디라도 급파할 수 있다고 한다. 한 마디로 세계 전역을 상대로 영업력을 행사하는 무소불위의 조직이다. 게다가 커피 푸들은 아마 전세계에서 가장 많은 백구(白狗)대원들을 거느리는 유색 견공

> **아메리카 파의 가출로 코피 나고 스타일 구긴 거대 조직의 견공**

에 해당할 것이다.

하지만 애석하게도 이 조직은 날이 갈수록 그 영향력이 줄어들고 있다. 안 그래도 조직 내에서 세를 불리던 아메리카 파가 거의 가출을 한 상태여서 모(母)조직을 마치 모조지 찢어버리듯 하찮게 대하고 있기 때문이다.

그래도 개들의 전쟁이 일어나면 가장 먼저 달려오는 녀석은 커피 푸들이다. 녀석은 맞장을 뜰 녀석들에게 일단 커피나 한 잔 하면서 생각해보라고 권유를 한다. 그래도 말을 듣지 않으면 코피 나게 두드려 패기도 한다.

---

1) 원문: Casque Bleu. 유엔평화유지군(PKO)의 불어식 표현이다.

54

페키니즈
(장쩌민 전 중국 국가주석)

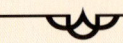

중국의 북경, 베이징(Peking)을 상징한다고 해서 페키니즈라 이름 붙여진 녀석은 말 그대로 순수 중국산이다. 게다가 세계 견공협회에 등록된 개족보 중에서 가장 유구한 역사와 전통을 가진 종에 해당한다. 녀석의 선조가 2007년 전에 태어났다고 하니…… 게다가 이 선조들은 왕실의 특별한 비호를 받고 자랐다고 한다. 아무튼 얼마 전까지 20억 중국견공들을 떡 주무르듯 조종했던 이 녀석은 어렸을 때 물가에서 주워온 인민이었다고 해서 이름이 강택민(江澤民)이라 한다.

> **"개 족보 중에서 가장 유구한 종, 20억 중국 견공들을 떡주무르듯…"**

20억 견공들을 거느리다 보면 별의별 일을 다 겪어 웬만한 일에는 충격도 받지 않을 것 같지만 유머감각이라고는 도통 찾아볼 수 없고 상당히 엄하기로 소문난 녀석이다.

절친한 선배이자 이웃집에 살던 토토로 사촌, 마오(옆의 사진 참조)의 영향을 받아서인지 소란 피우는 것과 집단으로 반항하는 녀석들은 곧 죽어도 못 보는 불 같은 성격을 가지고 있다.

하지만 녀석은 세계 견공회의에서 자신의 서식지에 사는 동족견공의 쪽수가 엄청나다는 걸 무기로 삼곤 했던 조금은 치사한 녀석이다. 그 많은 무리들이 동시에 발을 동동 구른다면 그 여파가 어떻게 될지 알 수 없기 때문이다.

CCP(Chinese Canine Party: 중국견(犬)당)의 대장을 지낸 녀석은 지금은 일선에서 물러나 자기보다 조금 후진견에게 통치견의 자리를 양보하긴 했지만 술을 마실 때면 항상 만돌린 반주에 맞춰 주석(主席)잔에만 마셨다고 한다.

13년간이나 통치하면서 서식지의 그 많은 개들에게 자유라는 것을 감질나게 맛보여 주기도 하고, 시장에서 경제를 논하는 방법도 배웠다.

한편 거느리는 견공들의 운동실력이 뛰어나다는 사실을 알고 재빨리 세계 트레이닝 기구 WTO(World Training Organization)에 가입해 각종 대회에서 수많은 상을 휩쓸기도 했다.

선배 페키니즈
(마오쩌둥 전 중국 국가주석)

제비 둥지 하나 늘었다고
베이징에 봄이 오는 줄 알아?

─ 덩샤오핑

티베탄 에파뉴엘

(달라이 라마 제14대 달라이 라마)

티베탄 에파뉴엘, 일명 달라이-라마는 상당히 똑똑하고[1] 예민한 녀석으로 칭송받는다. 서식지가 히말라야 고산지대이기 때문인지 녀석은 남들과 다른 옷을 입고 다닌다. 그런데 이상한 것은 옷을 겹겹이 껴입어도 모자란 판에 오른쪽 팔은 맨살을 그대로 드러내고 다닌다. 거, 꽤나 추울 텐데…… 이동수단으로 라마[2]를 타고 다니지만 라마단[3] 때는 금식을 하지 않는다고 한다. 티베탄 에파뉴엘은 비좁은 서식지를 늘리기 위해 영역을 확장하던 중국산 하이에나와 맞장을 뜨다 수세에 몰려 그 험하디험한 히말라야 산맥을 넘어야만 했다. 결국 돌아올 수 없는 강을 건너 고향을 떠나게 된 티베탄 에파뉴엘은 전세계를 돌아다니며 주인 잃은 개의 설움을 달래기도 했다.

비폭력 정책을 장려하지만 잔인하기로 유명한 헐리우드 액션 배우 스티븐 시걸[4]에게는 정신적인 지도자이기도 하다. 이 얼마나 아이러니컬한 운명이란 말인가? 한번은 '티베트로 간 땡땡[5]'을 따라나설 계획도

전세계를 돌며 고향 잃고 주인 잃은 설움을 달래…
"누가 중국산 하이에나 좀 쫓아줘!"

세웠지만 수포로 돌아갔다. 잃어버린 지평선[6]이 어디로 숨었나?

지팡이[7]를 들고 친구들을 찾아나선 티베탄 에파뉴엘의 모험은 언제 끝이 날는지…….

1) 얼마 전 실시된 조사에서 독일국민의 33%가 달라이 라마를 현존하는 가장 현명한 사람이라고 꼽았다.
2) 남아메리카산 낙타과 동물. 달라이-라마와는 아무 상관 없음.
3) 《코란》이 내려진 신성한 달로, 그 달 내내 일출에서 일몰까지 의무적으로 금식한다는 기간. 이슬람교도에게만 해당한다.
4) 스티븐 시걸은 각종 무술의 고단자로 남들이 잘 보여주지 않는 잔인한 액션 신으로 유명한 미국의 배우. 리처드 기어, 해리슨 포드와 함께 독실한 라마교 신자라고 한다.
5) 1960년대에 출간된 프랑스 만화 '땡땡'의 시리즈 중 티베트를 다룬 6권 제목. 출간 당시만 해도 티베트란 나라가 거의 알려지지 않았다고 한다. 달라이-라마도 감동 깊게 읽었다는 책.
6) 티베트를 배경으로 다룬 영국작가 제임스 힐튼의 소설.
7) 환생한 달라이-라마를 찾기 위해 나이 많은 승려들이 전국을 뒤지는데, 지금의 달라이-라마가 어렸을 때 13대 달라이-라마가 사용하던 지팡이를 용케 알아맞추었다고 한다.

어라? 부처님이
안경을?

Quizz! 가볍게 풀어보는 개 같은 상식?

세계는 개들이 지배한다고 한다. 그래,
거기까지는 오케이다. 그런데 그 세계가
도대체 어디에 있다는 거지?

한 번 알아보자.

1. 다음 보기 중에서 악명 높은 테러리스트의 이름을
찾아보시오.
   ㄱ 빈 폴
   ㄴ 빈 필하모닉
   ㄷ 빈 라덴
   ㄹ 미스터 빈

2. 중국은 어디에 있을까?
   ㄱ 내려서 왼쪽으로[1]
   ㄴ 극동지방
   ㄷ 중세시대
   ㄹ 중국

3. 아리엘 샤론의 별명으로 어울리는 것은?
   ㄱ 보닉스
   ㄴ 오모
   ㄷ 샤론 스톤
   ㄹ 터미네이터

4. 다음 중 버킹엄 요크셔테리어의 아들 이름은?
   ㄱ 칠수
   ㄴ 철수
   ㄷ 찰스
   ㄹ 찬스

5. 다음 인물에 관한 적당한 의상을 서로 연결하시오.
   ㄱ 달라이 라마   1. 남대문 열린 바지
   ㄴ 야세르 아라파트   2. 천
   ㄷ 자크 시락   3. 식탁보

6. 다음 보기의 인물 중 가수와 성이 같은 사람을 찾으시오.
   ㄱ 자크 시락
   ㄴ 달라이 라마
   ㄷ 고이즈미 준이치로

[1] 프랑스의 유명한 코미디 영화 '엘리베이터를 내려서 왼쪽으로"라는 영화 제목.

UN CHIEN SAVANT?

7. 다음 보기의 세 사람 중 봅슬레이 선수는 누구일까요?
　㉠ 스테파니
　㉡ 카롤린
　㉢ 알베르

8. 수탉이 프랑스의 상징이 된 까닭은?
　㉠ 수많은 개자식들과 어울려 살 수 있는 유일한 동물이기 때문에.
　㉡ 암탉을 마누라로 두고 계란을 자식으로 두고 있기 때문에.

9. 세계의 중심은?
　㉠ 유수아이아
　㉡ 조지 W. 부시
　㉢ 우웽빌 셍-리파르[2]
　㉣ 내 배꼽

10. 현 상황에도 불구하고 지구상의 많은 나라들이 그래도 점점 민주화의 길을 걷는다고 생각하십니까?
　정말?
　㉠ 아니오
　㉡ 예

11. '개 같은 새끼' 라는 표현을 욕지거리로 생각하십니까?
　㉠ 아니오. 전 개새끼를 좋아합니다.
　㉡ 전혀요. 전 자식 새끼입니다.
　㉢

12. 여러분들은 대부분의 세계 지도자들이 거드름을 피우면서 뒷전으로는 자기 호주머니 속의 잇속만 챙기는 사람들이라고 생각하십니까?
　㉠ 당근!
　㉡ 예.
　㉢ 두말하면 잔소리!
　㉣ 그것도 질문이냐?

만일 여러분이 13번 이상 ㉠에 동그라미를 치셨다면… 당신은 사기꾼이야! 문제가 12개밖에 없었는데… 모든 문제에 대한 정답은… "별들에게 물어보시기" 바랍니다……

[2] 아시는지 모르겠지만 바로 그림을 그린 저자의 고향이 바로 여기! 눈감고도 정답을 맞추실 수 있겠지요?

모르슈완느

- **일명** : MJC(모세, 지저스-크라이스트)
- **나이** : 먹을 만큼
- **출생지** : 프랑스에서 가장 살기 좋은 보스(Beauce)
- **Sex** : 어마어마함
- **교양수준** : 말할 필요 없음
- **구사언어** : 프랑스어 많이, 영어 어느 정도, 스페인어 조금
- **좋아하는 스포츠** : 윈스턴 처칠과 같은 생각. 건강의 비결이 무엇이냐라는 질문에 처칠은 한 손엔 위스키를, 한 손엔 시가를 들고 이렇게 말했다. "No sports!"

- **그 외** : 더 이상 불 것 없음
- **예전에** : 20여 개의 작품(40만 부가 넘게 팔린 "우리를 다스리는 짐승" 외 다수), Mormoil을 탄생시켰고, Pilote지에 그림을 그렸다.
- **1993~1995** : TF1방송국의 "Bébête Show(유치찬란 쇼)"에서 캐리커처 담당
- **1998** : France2 방송국의 "Politiquement incorrect(정치적으로 글러먹은)" 삽화 담당
- **1999~2003** : Les Échos 지에 하루에 하나씩 그림 그려주기, LA에서 장편 만화영화 작업하는 중.

로랑 제라

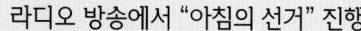

■ **나이** : 해를 거듭할수록 달라짐

■ **가족관계** : 가족하고는 관계를 갖지 않음

■ **출생지** : 프랑스 천재들의 본고장, 브레스(Bresse)

■ **Sex** : Active ; 자유롭게

■ **Oral**(구사언어) : Active ; 부드럽게

■ **교육수준** : 글은 아무나 쓰나!

■ **좋아하는 스포츠** : 누군가 그랬다, "스포츠는 마약과 같다"고…… 미안하지만 난 마약 안 한다.

■ **그 외** : 할 말 없음

■ **예전에** : 각종 라디오와 TV 방송국을 돌며 여러가지 프로그램을 진행했다. "세계의 특종", "그러니까, 이

렇게 이렇게 이렇게 합시다!" 등 다수

■ **1997** : 몰리에르 이후 최고의 원맨쇼 공연

■ **1999~2000** : 올림피아, 마리니, 카지노 드 파리에서 순회 공연

■ **2000~2002** : RTL 라디오 방송에서 "아침의 선거" 진행

■ **2002~2003** : 올림피아에서 공연 후 프랑스 순회 공연중

조지 부시

코피 아난

엘리자베스

토니 블레어

피델 카스트로

자크 시락

후앙 카를로스

모하메드 VI

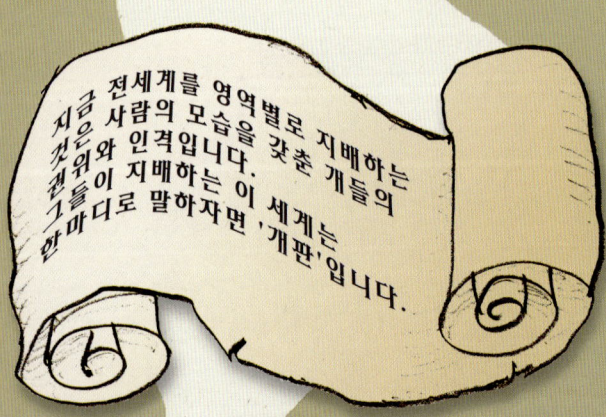

지금 전세계를 영역별로 지배하는 것은 사람의 모습을 갖춘 개들의 권위와 인격입니다. 그들이 지배하는 이 세계는 한마디로 말하자면 '개판'입니다.